Mammy Tittleback und i

Eine wahre Geschichte von siebzehn Katzen

Helen Hunt Jackson

Writat

Diese Ausgabe erschien im Jahr 2023

ISBN: 9789359258577

Herausgegeben von
Writat
E-Mail: info@writat.com

Inhalt

ICH.

Mammy Tittleback ist eine prächtige, große Schildpattkatze – gelb, schwarz und weiß; fast gleiche Teile jeder Farbe, außer auf ihrem Schwanz und ihrem Gesicht. Ihr Schwanz ist ganz schwarz; und ihr Gesicht ist weiß, mit nur ein wenig Schwarz und Gelb um die Ohren und Augen. Ihr Gesicht sieht sehr freundlich aus, aber ihr Schwanz ist wild; und wenn sie wütend ist, kann sie es in einer Minute anschwellen lassen, bis es fast so groß aussieht wie ihr Körper.

Niemand weiß, wo Mammy Tittleback geboren wurde oder woher sie kam. Sie erschien eines Morgens bei Herrn Frank Wellington in der Stadt Mendon in Pennsylvania. Phil und Fred Wellington, die Jungs von Mr. Frank Wellington, gefielen ihr Aussehen und sie luden sie ein, zu bleiben; Das heißt, sie gaben ihr so viel Milch, wie sie trinken wollte, und das ist der beste Weg, einer Katze klarzumachen, dass Sie möchten, dass sie bei Ihnen lebt. Also blieb sie und Phil und Fred nannten sie Mammy Tittleback, nach einer Katze, von der sie in der „New York Tribune" gelesen hatten.

Phil und Fred haben zwei Cousins, die sie oft besuchen. Ihre Namen sind Johnny und Rosy Chapman; Und wenn Johnny und Rosy Chapman nicht gewesen wären, hätte es diese schöne Geschichte über Mammy Tittleback nie gegeben , denn Phil und Fred sind große Jungs und machen sich nicht viel aus Katzen; Sie mögen es, sie in der Nähe zu sehen und es ihnen bequem zu machen; aber Johnny und Rosy sind ganz unterschiedlich. Johnny ist erst acht und Rosy sechs, und sie lieben Katzen und Kätzchen mehr als alles andere auf der Welt; Und als sie diesen letzten Sommer bei ihrem Onkel Frank Wellington verbrachten und Mammy Tittleback mit sechs kleinen, gerade geborenen Kätzchen vorfanden, dachten sie, dass zwei Kindern so viel Glück noch nie zuvor passiert war.

Juniper und Mousiewary waren im Jahr zuvor geboren worden. Phil hat diese benannt. Juniper war ein prächtiger Kerl, fast ganz weiß. Zuerst hieß er „Junior", aber später änderten sie ihn in „Juniper", weil sie, wie Phil sagte, nicht wussten, wie sein Vater hieß, und es keinen Sinn hatte, ihn „Junior" zu nennen . und außerdem klang „Juniper" besser.

Mousiewary war weiß und hatte einen schwarz-gelben Kopf. Phil nannte sie „ Mousiewary ", weil sie so lange still liegen blieb und nach einer Maus Ausschau hielt. Sie war anderthalb Jahre alt, als Johnny und Rosy diesen Besuch bei ihrem Onkel Frank machten, und sie hatte selbst zwei kleine Kätzchen, die einfach herumlaufen konnten. Es waren wilde kleine Wesen und sehr wild, deshalb hatte Phil sie die Kobolde genannt. Aber Johnny und

Rosy machten sie bald so zahm, dass ihnen dieser Name nicht mehr passte, und nannten sie dann noch einmal „Beauty" und „Clover".

Mammy Tittlebacks zweite Kätzchenfamilie wurde in der Scheune auf dem Heu geboren. Nach einer Weile brachte sie sie in einen alten Wagen, der nicht mehr benutzt wurde. Das war sehr klug von ihr, denn sie konnten nicht aus dem Wagen aussteigen und weglaufen. Doch schon bald verlegte sie sie wieder an einen Ort, der den Kindern überhaupt nicht gefiel; Es war eine Art Mulde im Boden unter einem großen Stapel Zaunlatten, die in der Nähe des Kuhstalls lagen.

„Nach einer Weile brachte sie sie in einen alten Wagen, der nicht mehr benutzt wurde."

Dies schien kein schöner Ort zu sein und die Kinder konnten sich nicht vorstellen, warum sie sie dorthin gebracht hatte. Ich glaube, sie hat sie bewegt, um sie vor den Kindern zu verstecken. Ich glaube nicht, dass sie es für gut hielt, wenn die Kätzchen so oft am Tag hochgehoben, angefasst, geküsst und mit ihnen gesprochen wurden. Ich wage zu behaupten, dass sie dachte, sie würden nie eine Chance zum Wachsen haben, wenn sie sie nicht ein paar Wochen lang vor Johnny und Rosy verstecken könnte. Sie sehen, Johnny und Rosy ließen sie keinen halben Tag allein. Sie trugen sie immer mit sich herum. Wenn Leute ins Haus kamen, um ihre Tante Mary zu besuchen, riefen die Kinder: „Willst du unsere sechs Kätzchen nicht sehen? Wir bringen sie zu dir." Dann rannten sie zur Scheune, nahmen einen Korb, füllten ihn zur Hälfte mit Heu und legten ganz vorsichtig alle Kätzchen hinein, und Johnny nahm einen Griff und Rosy den anderen und brachte ihn zum Haus. Sie setzen immer auch Mammy Tittleback ein; aber bevor sie sie weit getragen hatten, sprang sie im Allgemeinen heraus und ging den Rest des Weges an ihrer Seite. Sie würde sie keine Minute verlassen, bis sie die Kätzchen wieder sicher in ihr Nest zurückgebracht hätten. Sie versuchte nicht, sie daran zu hindern, sie mitzunehmen, denn sie wusste, dass weder Johnny noch Rosy einem von ihnen mehr Schaden zufügen würden als sie; Aber ich habe keinen Zweifel daran, dass es ihr nicht gefiel, wenn die Kätzchen berührt wurden.

„Johnny nahm einen Griff und Rosy den anderen und brachte ihn zum Haus."

Die Kinder machten sich große Sorgen um diesen letzten Ort, den Mammy Tittleback für ihr Kinderzimmer ausgewählt hatte. Sie dachten, es sei feucht;

und sie hatten Angst, dass die Schienen eines Tages herunterfallen und die armen kleinen Kätzchen zu Tode zerquetschen würden; Und was das Schlimmste war: Wenn sie dorthin gingen, um sie sich anzusehen, konnten sie sie oft überhaupt nicht gut sehen, weil sie so weit zwischen den Schienen waren.

Schließlich hatte Johnny eine zündende Idee. Er sagte, er würde ein schönes Haus für sie bauen.

„Das geht nicht", sagte Rosy.

„Das kann ich auch", sagte Johnny. „„ Zwei ist kein Haus, in dem die Leute leben, aber für Katzen reicht es."

„Wird es so schön sein wie ein Hundehaus, Johnny?" fragte Rosy.

„Schöner", sagte Johnny; „Das heißt, es wird hübscher sein. Zwei werden nicht so nah sein. Katzen brauchen es nicht so nah; aber es wird hübscher sein. Es wird Flaggen darauf haben."

„Flaggen! O Johnny!" rief Rosy aus. „Das wird großartig sein; aber wir haben keine Flaggen."

„Ich weiß, wo ich so viele bekommen kann, wie ich will", sagte Johnny, „bis ins Clubzimmer. Dort werden den Jungen Fahnen gegeben."

„Wozu, Johnny?" fragte Rosy.

„Oh, nur zum Tragen", antwortete Johnny stolz. „Sie mögen es, wenn Jungen ihre Fahnen herumtragen."

„Glauben Sie, dass sie sie gerne an einem Katzenhaus haben würden?" fragte Rosy.

"Warum nicht?" sagte Johnny; und Rosy wusste nicht, was sie sagen sollte.

Johnny arbeitete sehr hart am Haus; und als es fertig war, sah es seltsam aus, aber es war das einzige, von dem ich je gehört habe, dass es speziell für Katzen gebaut wurde. Es war etwa acht Fuß im Quadrat groß; die zentrale Stütze war ein alter, an den Enden hochgedrehter Sägebock mit einem Maurerbock darauf; das Dach bestand aus alten Schienen und hatte zwei Schrägen, wie echte Hausdächer; Die Seiten waren uneben, denn auf der einen Seite ruhten die Schienen auf einem alten Schweinetrog und auf der anderen Seite auf einem Holzbock, der höher als der Trog war. Diese Unebenheit störte Johnny, aber sie machte das Haus wirklich hübscher. Der Raum unter diesem Dach war durch Reihen kleiner Pfähle in drei Abteilungen unterteilt: eine große für Mammy Tittleback und ihre sechs jüngsten Kätzchen; Mousiewary und ihre beiden Kätzchen in einem anderen kleineren Raum; und die adoptierten Kätzchen und Juniper in einem dritten.

Ich habe Ihnen noch nichts von den adoptierten Kätzchen erzählt, werde es aber gleich tun. In der Mitte dieser drei Räume befand sich jeweils eine Blechpfanne, die durch kleine Pfähle, die um sie herum in den Boden getrieben wurden, fest an ihrem Platz befestigt war. Johnny war fest entschlossen, den Katzen beizubringen, in ihren eigenen Räumen zu bleiben und dass jede Familie selbst essen muss. Es war gar nicht so schwer, das zu bewerkstelligen, wie man vermutet hätte, denn Johnny und Rosy verbrachten fast ihre ganze Zeit mit den Katzen, und jedes Mal, wenn eine Katze oder ein Kätzchen über die kleine Pfahlmauer in die Wohnung einer anderen Familie trat, Es wurde sehr sanft hochgehoben und wieder in sein eigenes Zimmer zurückgebracht, und es wurde gestreichelt und mit sanfter Stimme erzählt:

„Bleib in deinem eigenen Zimmer, Kätzchen."

Und beim Essen gab es nach den ersten paar Tagen mit niemandem außer Juniper kaum Ärger. Alle anderen erfuhren sehr bald, welcher Milchtopf ihnen gehörte, und rannten sofort dorthin, sobald Johnny sie rief. Aber Juniper war eine unabhängige Katze; und er beharrte darauf, von Zimmer zu Zimmer zu gehen, so wie es ihm gefiel. Sie sehen, er war die einzige arbeitslose Katze im Set. Mammy Tittleback hatte alle Hände voll zu tun – ich nehme an, man sollte eigentlich sagen alle Pfoten, wenn man von Katzen spricht – mit sechs eigenen Kätzchen und zwei adoptierten; und Mousiewary war mit ihren beiden Kätzchen genauso beschäftigt, als hätte sie zehn gehabt; aber Juniper hatte niemanden außer sich selbst, um den er sich kümmern konnte. Er war auch eine faule Katze. Zu seinen Mahlzeiten ging er immer langsam. Der Rest rannte und sprang in aller Eile, um zum Haus zu gelangen, als Johnny und Rosy sie riefen; aber Juniper marschierte so langsam, als hätte er es überhaupt nicht eilig, als wäre es ihm egal, ob er etwas zu essen hatte oder nicht. Aber sobald er an der Pfanne angelangt war, trank er seinen Anteil vollständig aus, und noch mehr.

II.

Jetzt muss ich Ihnen von den adoptierten Kätzchen erzählen. Sie gehörten einer Wildkatze, die im Garten lebte. Niemand wusste etwas über diese Katze. Sie sei eine Art Bettler- und Diebeskatze, sagte Johnny. Sie ließ nicht zu, dass du dich um sie kümmerst oder in ihre Nähe kommst. und der einzige Grund, warum sie mit ihren Kätzchen im Garten wohnte, war, um in der Nähe des Milchhauses zu sein und ab und zu Gelegenheit zu haben, Milch aus den großen Kesseln zu stehlen. Eines Tages fanden die Kinder das arme Ding tot im Hühnerhof. Was sie getötet hat, war nicht zu zeigen, aber sie war tot, und das war kein Zweifel; Also trugen die Kinder sie weg und begruben sie und machten sich dann auf die Suche nach ihren kleinen Kätzchen. Sie waren zu viert, und die armen kleinen Dinger waren halb tot vor Hunger. Ihre Mutter muss schon einige Zeit tot gewesen sein, bevor die Kinder sie fanden. Sie waren zu jung, um gefüttert zu werden, und die einzige Chance, ihr Leben zu retten, bestand darin, Mammy Tittleback dazu zu bringen , sie zu adoptieren.

„Sie hat jetzt eine schrecklich große Familie", sagte Phil, „aber vielleicht versuchen wir es mit ihr."

„Sie wird es nicht wissen, aber es sind ihre eigenen, wenn wir sie nicht alle auf einmal scheißen lassen", sagte Johnny; „Aber es wäre nicht fair, sie auf diese Weise zu betrügen."

„Werde es nicht wissen!" sagte Phil. „Das ist alles, was du über Katzen weißt! Sie wird so schnell wissen, dass sie nicht ihre sind, wenn sie sie sieht."

Es war ein sehr lustiger Anblick, Mammy Tittleback zu sehen , als die seltsamen Kätzchen an ihrer Seite eingeschläfert wurden. Sie war im Halbschlaf, und einige ihrer eigenen Kätzchen waren eingeschlafen und lutschten ihr Futter; Aber sobald sie diese armen, ausgehungerten kleinen Dinger niederlegte, begannen zwei von ihnen zu saugen, als hätten sie seit ihrer Geburt noch nie etwas zu essen gehabt. Mammy Tittleback öffnete die Augen und sprang so schnell auf, dass sie alle Kätzchen Hals über Kopf auf einen Haufen warf. Dann fing sie an, an einem Kätzchen nach dem anderen zu riechen, und leckte ihr eigenes, während sie an ihnen roch, bis sie zu den Fremden kam, wo sie ein wenig knurrte und schnüffelte und schnüffelte; Wenn Katzen ihre Nase rümpfen könnten, hätte sie ihre Nase rümpfen können, aber da sie das nicht konnte, knurrte sie nur, schubste sie mit der Pfote und sah sie an, während sie die ganze Zeit verächtlich schnüffelte. Johnny und Rosy waren fast zum Weinen bereit.

„ Dopiert sie sie ? " flüsterte Rosy.

„Halt still, nicht wahr!" sagte Phil; „Unterbrich sie nicht. Lass sie tun, was sie will."

Die Kinder hielten den Atem an und sahen zu. Es sah sehr entmutigend aus. Mammy Tittleback ging im Kreis herum und sah sehr verwirrt und überhaupt nicht erfreut aus. Einen Moment lang stand sie still und starrte auf den Haufen Kätzchen, als wüsste sie nicht, was sie damit anfangen sollte; dann fing sie an, an ihrem eigenen zu riechen und zu lecken. Schließlich leckte sie, vielleicht aus Versehen, eines der Waisenkinder ein wenig.

„Mammy Tittleback lief im Kreis herum und sah sehr verwirrt und überhaupt nicht zufrieden aus."

„Oh, oh", schrie Johnny, „sie wird es tun, sie hat es geleckt;" Daraufhin schüttelte Phil Johnny kräftig und sagte ihm, er solle ruhig sein, sonst würde er alles verderben. Dann legte sich Mammy Tittleback wieder hin und streckte sich aus, und in weniger als einer Minute saugten alle sechs ihrer eigenen Kätzchen und die beiden stärksten der Fremden so fest sie konnten.

Die Kinder sprangen vor Freude; Ihre Freude wurde jedoch durch den Anblick der anderen beiden schwachen kleinen Kätzchen gedämpft, die ganz still dalagen und nicht versuchten, sich unter die anderen zu drängen.

„Sind sie tot?" fragte Rosy.

„Nein", sagte Johnny und hob sie auf, „nein; aber ich schätze, sie werden ziemlich bald sterben, sie maunzen nicht ." Und er legte sie ganz sanft dicht zwischen die Hinterbeine von Mammy Tittleback .

„Nun, das könnten sie auch", bemerkte Phil. „Acht Kätzchen sind genug. Mammy Tittleback kann nicht alle Kätzchen in der Stadt großziehen, das brauchst du nicht zu bedenken. Sie ist eine ganz alte Katze, wenn sie diese beiden aufnimmt. Ich hoffe, dass die anderen sowieso sterben werden."

„O Phil", sagte Rosy, „konnten wir nicht eine andere Katze finden, um diese beiden zu dotieren ?" Rosys zartes Herz schmerzte bei dem Gedanken an diese mutterlosen kleinen Kätzchen so sehr, als wären sie ein mutterloser kleiner Junge und ein mutterloses Mädchen gewesen.

„Nein", sagte Phil, „ich kenne hier keine andere Katze, die Kätzchen hat."

„Aber, Phil", beharrte Rosy, „gibt es nicht irgendeine Katze, die keine Kätzchen hat, die gerne welche hätten?"

Phil sah Rosy eine Minute lang wortlos an, dann brach er in Gelächter aus und sagte zu Johnny: „Komm schon, was hat das Reden für einen Sinn?"

Dann sah Rosy sehr verletzt aus und rannte ins Haus, um ihre Tante Mary zu fragen, ob sie keine Katze wüsste, die die beiden armen kleinen Kätzchen adoptieren würde, die Mammy Tittleback nicht nehmen würde.

Als die Kinder am nächsten Morgen hinausgingen, um ihre Katzen zu besuchen, waren die beiden schwachen kleinen Kätzchen tot, so dass alle Probleme in dieser Hinsicht ein Ende hatten und den Kindern nur noch dreizehn Katzen zur Verfügung standen.

Es ist wunderbar, wie schnell junge Katzen wachsen. Es schien nur ein paar Tage zu dauern, bis alle acht dieser kleinen Kätzchen groß genug waren, um herumzulaufen, und es war ein sehr schöner Anblick, zu sehen, wie sie Johnny und Rosy folgten, wohin sie auch gingen.

Spitfire war von Anfang an Johnnys Favorit. Er war ein scharfsinniger, rüstiger Kerl, der niemandem außer Johnny gegenüber besonders gutmütig war. Rosy hatte große Angst vor ihm, schon als er klein war; aber Johnny machte ihn zu seinem Lieblingshaustier und erzählte ihm alles, was passiert war.

Mammy Tittleback hatte ihre eigenen Farben sehr seltsam unter ihren Kätzchen aufgeteilt. „Spitfire" war ganz gelb und weiß; „ Coaley " war schwarz wie Kohle, und deshalb wurde er „ Coaley " genannt. „Blacky" war schwarz und weiß; „ Limbab ", weiß mit grauen Flecken; „Gregory Second", grau mit weißen Flecken; und „Lily" war weiß wie Schnee, weshalb sie ihren hübschen Namen bekam. Rosy wollte, dass sie „Weiße Lilie" genannt wird, aber die Jungs hielten es für zu lang. Bei so vielen Katzen, sagten sie, dürfe keiner der Namen mehr als zwei Silben lang sein, wenn man es vermeiden könne. „Gregory" musste „Gregory Second" heißen, weil es bereits einen anderen Gregory gab, einen alten Kater bei Oma Jameson, und nach ihm wurde dieses Kätzchen benannt; und „ Tottontail " musste „ Tottontail " genannt werden, weil er ganz grau war und nur ein wenig Weiß an der Schwanzspitze hatte, wie ein Waldkaninchen. Und sein Bruder war genau wie er, nur etwas weniger weiß am Schwanz, daher schien es am besten, ihn „ Tottontails Bruder" zu nennen; und er hatte eine so komische Art, seine Ohren zurückzustellen , dass er wie ein alter Mann aussah; Deshalb konnten sie manchmal nicht anders, als ihn „Großvater" zu nennen. Alles in allem schien es für jeden Namen in der ganzen Familie einen sehr guten Grund zu geben, und ich denke, es gab einen ebenso guten Grund, „Lily" „Weiße Lilie" zu nennen. Wie Phil jedoch sagte: „Jeder konnte sehen, dass sie weiß war; und von einer schwarzen Lilie hatte sowieso niemand gehört, und es sparte Zeit, nur ‚Lilie' zu sagen."

III.

Das Haus von Herrn Frank Wellington war ein altmodisches quadratisches Holzhaus, durch das von vorne bis hinten eine breite Halle verlief; Auf der Rückseite befand sich eine breite Piazza mit einem Geländer und Stufen, die in den Hinterhof führten. An den Seiten dieser Piazza wuchsen Weinreben, und ein prächtiger großer Polonia -Baum mit herzförmigen Blättern, so groß wie Essteller, wuchs nahe genug daran, um ihn zu beschatten. Hier saß Mrs. Wellington an Sommernachmittagen und nähte; und sie dachte oft, dass es auf der ganzen Welt keinen schöneren Anblick geben könnte, als Rosy Chapman, die mit ihren langen gelben Locken hinterherflogen, zwischen den Eisenkrautbeeten herumlief, ihre kleinen nackten weißen Füße zwischen den leuchtenden Blüten auf und ab blickte, und halb ... Dutzende Kätzchen rennen hinter ihr her. Rosy liebte es mehr als alles andere, mit ihnen Rennen zu fahren; obwohl sie sich manchmal in ihren kleinen Schaukelstuhl setzte, ihren Schoß voll davon hielt und sie in den Schlaf wiegte. Aber Johnny machte ein ernsteres Geschäft daraus. Johnny wollte es ihnen beibringen. Er hatte von gelehrten Schweinen und dressierten Flöhen gelesen und war sich sicher, dass diese Kätzchen viel intelligenter waren, als es Schweine oder Flöhe sein könnten; Also, was hat Johnny Ihrer Meinung nach getan? Er druckte das Alphabet in großen Buchstaben auf ein Blatt weiße Pappe, nagelte es an die Innenseite des größten Raums im Katzenhaus und verbrachte Stunden damit, den Kätzchen die Buchstaben vorzulesen. Er hatte den Plan, die Buchstaben auf einzelne, auf Holz geklebte quadratische Stücke Pappe oder Papier zu kleben und den Kätzchen beizubringen, sie herauszusuchen; Aber bevor er das tat, wollte er sicher sein, dass sie sie vom Sehen her kannten, und zwar auf dem Papier, das er festgenagelt hatte, und er war sich dessen nie sicher genug, um in seinem Unterricht weiterzumachen. Tatsächlich gelang es ihm nie, sie einige Minuten lang ruhig zu halten, während er die Briefe laut vorlas. Die Katze, die am längsten still blieb, sagte er, sei an diesem Tag die beste Gelehrte gewesen; Er trug ihre Namen in ein kleines Buch ein und gab ihnen je nach ihrem Verhalten gute und schlechte Noten, so wie er und Rosy in der Schule Noten bekamen.

„Rosy Chapman rennt zwischen den Eisenkrautbeeten umher, und ein halbes Dutzend Kätzchen rennen hinter ihr her."

Nachdem Johnny alle seine Fahnen aufgestellt hatte, sah das Katzenhaus sehr hübsch aus. Darauf waren vier Flaggen zu sehen; Eines war ein großes mit dem Sternenbanner und der Aufschrift „Unsere Republik" in großen Buchstaben darauf; Eines war eine „Garfield und Arthur"-Flagge, die Johnny vom Garfield Club in Mendon geschenkt worden war; Darunter befand sich ein kleines weißes, das Johnny selbst gemacht hatte, mit der Aufschrift „Hurra für beide" in ziemlich ungleichmäßigen Buchstaben; Dann hingen an zwei Ecken des Hauses kleine rote, weiße und blaue Fahnen der üblichen Art. Aber der Ruhm von allem war eine große Fahne an einem sechs Meter hohen Fahnenmast, die Onkel Frank für die Jungen aufstellte. Auch dies war eine „Garfield und Arthur"-Flagge, und zwar eine sehr schöne. Die Kätzchen blickten sehnsüchtig zu all den bunten Fahnen, die über ihrem Haus im Wind wehten; Aber Johnny hatte darauf geachtet, sie so hoch zu platzieren, dass sie selbst dann unerreichbar waren, wenn sie auf den Dachfirst kletterten. Sie hätten sie alle innerhalb von fünf Sekunden in Fetzen verwandelt, wenn sie jemals ihre Krallen in sie hineingekriegt hätten.

Sobald die Kätzchen groß genug waren, um Spaß daran zu haben, mit einer Maus zu spielen oder vielleicht sogar einen Bissen davon zu nehmen, kehrte Mammy Tittleback zu ihren alten Gewohnheiten des Mäusefangens zurück. So einen Mauser wie sie hatte es auf dem Bauernhof noch nie gegeben. Es ist tatsächlich wahr, dass sie unter der Beobachtung von Herrn Frank Wellington mehrere Male innerhalb von fünf Minuten sechs Mäuse gefangen hatte; und einmal tat sie etwas noch Wundervolleres. Das hat mir Phil selbst beschrieben; und Phil ist einer der genauesten und ehrlichsten Jungs und macht nie eine Geschichte größer, als sie ist.

Der Ort, an dem sie früher am meisten Spaß daran hatten, Mammy Tittleback beim Mäusefangen zuzusehen, war im Maishaus . Der Boden des Maishauses war zur Hälfte mit Kolben bedeckt, von denen der Mais geschält worden war; In einer Ecke waren diese halb so hoch wie die Mauer aufgetürmt. Zwischen diesen und in den Mauerritzen versteckten sich die Mäuse; Die Jungen nahmen lange Stöcke, schoben die Kolben hin und her und rollten sie hin und her. Dies würde die Mäuse erschrecken und dazu führen, dass sie weglaufen. Mammy Tittleback stand mitten auf dem Boden und war bereit, sich auf sie zu stürzen, sobald sie auftauchten. Eines Tages machten die Jungen das, und zwei Mäuse rannten fast im gleichen Moment und auf die gleiche Weise hinaus. Mammy Tittleback fing den ersten mit dem Mund auf; Sie dachten, sie würde den zweiten verlieren. Nicht ein bisschen davon. Blitzschnell stürzte sie sich auch auf diesen, und ohne den, den sie bereits zwischen den Zähnen hatte, loszulassen, fing sie tatsächlich den zweiten! Zwei lebende Mäuse gleichzeitig in ihrem Mund! Allerdings waren sie nicht viele Sekunden am Leben; Ein Knirschen von Mammy Tittlebacks Zähnen tötete sie beide, und sie ließ sie auf den Boden fallen und war bereit, die nächsten zu fangen. Hat jemand jemals von so einem Mauser gehört?

Auch Phil erzählte mir eine andere Geschichte über die Kätzchen, die ich kaum hätte glauben können, wenn ich sie in einem Buch gelesen hätte; Aber ich weiß, dass es wahr sein muss, weil Phil es erzählt hat. Eines Tages, nachdem die Kätzchen so groß geworden waren, dass sie überall hingehen konnten, machten die Kinder einen langen Spaziergang auf den Feldern, und vier der Kätzchen begleiteten sie. Wenn die Kinder über Zäune kletterten , krochen die Kätzchen hindurch und hatten keine Probleme, bis sie an einen Bach kamen. Die Kinder zogen einfach ihre Hosen hoch und wateten durch. Zuerst legten sie die Kätzchen alle zusammen in eine Mulde an den Wurzeln eines Baumes und forderten sie auf, dort still zu bleiben, bis sie zurückkamen. Sie waren noch nicht viele Schritte auf der anderen Seite gegangen, als sie erst ein Plätschern hörten, dann zwei, dann drei; Und wenn sie sich umsahen, was sollten sie sehen, wenn nicht drei dieser kleinen Kätzchen, die um ihr Leben verzweifelt über den Bach schwammen, ihre armen kleinen Nasen kaum über dem Wasser? Es war so viel wie nie zuvor; aber sie taten es und kletterten auf der anderen Seite hinaus und sahen aus wie ertrunkene Ratten. Dies waren Spitfire und Gregory Second und Blacky; Tottontail war der vierte. Er erschien nicht und war auch nicht dort zu sehen, wo sie ihn auf der anderen Seite abgesetzt hatten. Schließlich erspähten sie ihn , wie er so schnell er konnte flussaufwärts rannte. Er rannte, bis er an eine Stelle kam, wo der Bach nur noch ein schmaler Wasserstrahl im Gras war, und dort trat er sehr vernünftig hinüber; der Einzige in der ganzen Gruppe, ob Katzen oder Kinder, der ohne nasse Füße überstanden hat. Wer kann nun nicht glauben, dass Tottontail alles in seinem Kopf durchdacht hat, so wie es ein Junge oder ein Mädchen tun würde, die nie schwimmen gelernt haben? Es war wunderbar, dass Spitfire, Gregory und Blacky sich hineinstürzten, um hinüberzuschwimmen, obwohl sie so etwas noch nie zuvor in ihrem ganzen Leben getan hatten, und natürlich müssen sie die bloße Berührung von Wasser gehasst haben, wie es alle Katzen tun; aber ich denke, dass es bei Tottontail noch wunderbarer war, zu dem Schluss gekommen zu sein, dass er, wenn er ein kleines Stück am Bach entlang lief, möglicherweise an eine Stelle gelangen könnte, wo er auf einfachere Weise als durch Schwimmen und ohne nasse Füße hinüberkommen könnte.

Die Kätzchen schwimmen um ihr Leben über den Bach.

Der Sommer war vorbei, bevor die Kinder das Gefühl hatten, er hätte richtig begonnen. Jeder von ihnen hatte ein eigenes Blumenbeet gehabt, und viele der Blumen waren bereits ausgesät, bevor die Kinder mit dem ersten Unkrautjäten fertig waren. Die kleinen Katzen hatten die Gärten genauso genossen wie die Kinder. Als die Zuerst wurden die Beete bepflanzt, und die grünen Pflanzen lugten gerade erst hervor, die Kätzchen wurden sehr oft beschimpft und manchmal wurden ihnen sanft die Ohren geohrfeigt, damit sie nicht auf den Beeten laufen konnten; aber im August, als das Unkraut und die Blumen alle waren Hoch oben und stark zusammen rannten sie zwischen ihnen hin und her, so viel sie wollten, und vergnügten sich unter den Mohnblumen und kletternden Malvenstängeln.

Als die Zeit von Johnnys und Rosys Besuch zu Ende ging, war Johnny sehr traurig bei dem Gedanken, seine Kätzchen zurücklassen zu müssen. Sie seien „einfach im schönsten Alter", sagte er; „fängt gerade erst an, etwas Trost zu sein", nach all der Mühe, die er auf sich genommen hatte, sie zu trainieren; und er hatte große Angst, dass es ihnen nach seinem Weggang nicht mehr so gut gehen würde. Fred würde den Winter über zur Schule gehen, und Phil, so dachte er, würde nie die Geduld aufbringen, jeden Tag dreizehn Katzen zu füttern. Er tat jedoch alles, was er konnte, um es ihnen für den Winter bequem zu machen. Er verkleidete die Wände ihres Hauses mit Brettern, die es warm und gemütlich machten, damit sie nicht unter der Kälte leiden mussten; und er ließ seine Tante Mary versprechen, ihnen zweimal am Tag reichlich Milch zu geben . Dann, als die Zeit gekommen war, verabschiedete er sich nacheinander von ihnen allen und führte ein langes Abschiedsgespräch mit seinem Lieblingsspitfire. Auch Rosy war sehr traurig, als sie sie verließ, aber nicht so traurig wie Johnny.

„Johnny und Rosy verabschiedeten sich einer nach dem anderen."

Johnny und Rosy und ihre Mutter sollten den Winter bei ihrer Großmutter Jameson in der Stadt Burnet verbringen, nur zwölf Meilen von Mendon entfernt, und Johnny sagte zu Spitfire :

„Es ist nicht so, dass wir so weit wegfahren würden, wir könnten dich nie besuchen. Wir werden irgendwann vor Weihnachten zurück sein."

„ Maow ", sagte Spitfire.

„Ich bin absolut sicher, dass er alles versteht, was ich sage", sagte Johnny. „Nicht wahr, Spitfire?"

„ Maow , maow ", antwortete Spitfire.

"Dort!" sagte Johnny triumphierend; „Ich wusste, dass er es tat."

Es war Mitte Oktober, als Johnny und Rosy ihre Tante Mary verließen und zu Oma Jameson gingen. Zu ihrer großen Freude fanden sie dort vier Katzen.

„Viel besser als gar nichts", sagte Johnny.

„Ja", sagte Rosy, „aber sie sind alle alt. Sie wollen nicht Fangen spielen. Sie sind echte alte Katzen."

„Jedenfalls sind sie besser als keine", antwortete Johnny entschlossen. „Sie liegen gut in der Hand und Snowball ist ein hervorragender Mauser."

Die Namen dieser Katzen waren „Snowball", „ Lapit" , „ Stonepile " und „Gregory". Das war der alte „Gregory", nach dem das Kätzchen „Gregory Second" drüben in Mendon benannt wurde. „Gregory" gehörte schon viele Jahre zur Familie Jameson.

IV.

Es gab noch einen anderen Charakter, der schon seit vielen Jahren zur Familie Jameson gehörte und von dem ich Ihnen erzählen muss, weil er gleich im Zusammenhang mit dieser Geschichte der Katzen auftauchen wird. Tatsächlich hat er mehr mit dem nächsten Teil der Geschichte zu tun als selbst Johnny und Rosy. Dabei handelt es sich um einen alten farbigen Mann, der sich für Oma Jameson um die Farm kümmert. Er ist ein ebenso guter alter Mann wie „Onkel Tom" in „Onkel Toms Hütte", und ich bin mir sicher, dass er genauso schwarz sein muss. Er lebt in einem kleinen Haus in einem Hain aus Kastanien- und Eichenbäumen, direkt gegenüber von Oma Jamesons Haus. und im Sommer wie im Winter, bei Regen oder Sonnenschein kann man ihn jeden Morgen bei Tageslicht sehen, wie er bereit für seine Tagesarbeit die Gasse heraufkommt. Sein Name ist Jerry; Er ist in ganz Burnet bekannt und einer der alten Männer, an denen niemand vorbeigeht, ohne etwas zu sagen. „Hallo, Jerry!" „Wie geht es dir, Jerry?" „Bist du das, Jerry?" sind von allen Seiten zu hören, während Jerry durch die Straße geht.

Es gibt auch ein Maultier, das Jerry fährt und das fast genauso bekannt ist wie Jerry. Auf dem Hof gibt es auch ein Pferd; Aber das Pferd ist so fett, dass es nicht so schnell gehen kann wie das Maultier. So haben das Maultier und das Pferd nach und nach die Plätze in ihren Aufgaben getauscht; das Pferd erledigt die Feldarbeit und das Maultier macht Besorgungen in der Stadt; und in der ganzen Stadt Burnet gibt es keinen vertrauteren Anblick als den Jameson Rockaway, der vom Maultier Nelly gezogen wird und auf dem der alte Jerry seitlich auf dem niedrigen Vordersitz sitzt und fährt. Es vergeht keine Woche im Jahr, in der Jerry nicht mindestens einmal, manchmal sogar mehrmals, auf diese Weise zum Bahnhof geht, um einige von Oma Jamesons Kindern oder Enkelkindern, Nichten, Neffen oder Freunden mitzubringen und statte ihr einen Besuch ab. Ihr Haus ist eines der Häuser, die nie so voll zu sein scheinen, dass sie nicht mehr aufnehmen können. Sie wissen, dass es solche Häuser gibt; Je mehr Leute kommen, desto fröhlicher, und es gibt immer Platz für jeden, der nachts schlafen kann.

Wenn man sich das Haus ansieht, würde man nicht glauben, dass es viele Menschen aufnehmen könnte; es ist nicht groß. In Wahrheit kann ich mir nicht vorstellen, dass, so oft ich auch in dem teuren alten Haus übernachtet habe, alle Leute geschlafen haben, wenn zwölf oder mehr eines Morgens zum Frühstück herunterkamen, und alle so aussahen, als hätten sie ein Kapitell besessen Nachtruhe. Jerry freut sich wie jeder andere im Haus immer, wenn Besucher kommen; Dennoch macht es ihm unendlich viel Arbeit, sie und ihr Gepäck hin und her in die Stadt zu tragen und all die anderen Besorgungen zu erledigen, die er erledigen muss. Nelly ist ziemlich alt, und das Rockaway ist klein, und oft muss Jerry zwei Fahrten machen, um eine Gruppe Leute mit allem, was dazu gehört, an Koffern, Taschen und Bündeln, zum Haus zu bringen; aber es gefällt ihm. Er nimmt seinen alten, tristen Filzhut ab, verbeugt sich und streckt beide Hände aus, und jeder, der kommt, schüttelt zuerst Jerry am Bahnhof die Hand.

Eines Tages, Ende letzten Oktober, war Jerry im Postamt und wartete auf die Post; Als sie eintraf, gab es eine Postkarte von Mendon für Mrs. Jameson, und da die Postmeisterin Mrs. Jamesons eigene Nichte ist, dachte sie, sie würde sich die Nachricht auf der Karte ansehen und sehen, ob bei Mr. Frank alles in Ordnung sei Wellingtons. Auf der Karte stand Folgendes :

„Treffen Sie die Gesellschaft am Drei-Uhr-Zug."

Das war der Zug, der gerade angekommen war und die Post gebracht hatte.

"Oh je!" sagte sie. „Jerry, es ist gut, dass ich mir diese Karte angesehen habe. Sie ist von Mr. Wellington und er sagt, dass unten am Drei-Uhr-Zug Gesellschaft sein wird, die zu Oma fährt. Sie müssen umdrehen und direkt zum Bahnhof gehen ; sie werden warten und sich fragen, warum niemand da ist, um sie zu treffen.

„Das ist eine Tatsache", sagte Jerry; „Sie haben es sicher geschafft, wundern sich inzwischen; ich schätze, sie sind hinaufgegangen; aber ich werde hinuntergehen und nachsehen."

Also schaffte es Jerry, so schnell er konnte, aus dem Maultier herauszukommen und zum Bahnhof zu gelangen. Der Zug war seit mehr als einer halben Stunde unterwegs, und der Bahnhof war still und verlassen, bis auf den Bahnhofsvorsteher, der auf den Zug wartete, der in einer Stunde eintreffen würde.

„War jemand hier, um zu unserem Haus zu gehen?" fragte Jerry. „Wir haben eine Post erhalten, die besagt , dass um drei Uhr unten Besuch sein würde."

„Nun", antwortete der Bahnhofsvorsteher und blickte Jerry neugierig an, „es war jemand für Ihre Leute in dem Zug."

„Was ist aus ihnen geworden ?" sagte Jerry. „ Hey, sie sind gelaufen?"

„Naja, nein, sie sind nicht zu Fuß gegangen, sie sind im Frachtdepot", sagte der Mann ziemlich knapp.

Jerry dachte, das sei das Seltsamste, wovon er je gehört habe.

„Im Güterdepot!" rief er aus. „Warum sind sie dorthin gegangen? Wer sind sie?"

„Sie werden sie dort finden", antwortete der Mann und drehte sich auf dem Absatz um.

Noch verwirrter eilte Jerry zum Frachtdepot, das sich auf der gegenüberliegenden Seite der Bahnstrecke, etwas weiter unten, befand. Jetzt frage ich mich, ob irgendjemand von euch Kindern erraten wird, wer die „Gesellschaft" war, die mit dem Drei-Uhr-Zug von Mendon zu Oma Jameson kam. Es bringt mich so zum Lachen, wenn ich daran denke, dass ich die Worte kaum schreiben kann. Ich glaube nicht, dass ich jemals so alt werden werde, dass es mich nicht zum Lachen bringt, wenn ich an diese Gruppe von Besuchern bei Oma Jameson denke.

Es war nicht mehr und nicht weniger als alle Katzen von Johnny Chapman! Ja, alle : Mammy Tittleback , Juniper, Mousiewary , Spitfire, Blacky, Coaley , Limbab , Lily, Gregory Second, Tottontail , Tottontail's Brother, Beauty, Clover. Da waren sie alle, groß wie Leben und so laut , dass man taub war. Arme Dinger! Es war nicht so, dass sie unbequem waren, denn sie befanden sich in einer sehr großen Kiste, deren drei Seiten aus Latten bestanden, so dass sie viel Platz und viel Luft hatten; aber natürlich hatten sie fast Todesangst. Der Briefkasten war in sehr großen Briefen an adressiert

KAPITÄN JOHNNY CHAPMAN

UND

OBERLEUTNANT ROSE CHAPMAN.

Darüber stand in noch größeren Buchstaben:

DER GARFIELD CLUB.

Einige der Männer, die am Bahnhof waren, als die Kiste ankam, waren darüber sehr wütend. Sie wussten nichts über die Geschichte der Katzen; und natürlich konnten sie nicht erkennen, dass die Sache überhaupt eine Bedeutung hatte, außer als Beleidigung für den Garfield Club in Burnet. Es war kurz vor der Wahl, und zu dieser Zeit sind alle Männer in den Vereinigten Staaten so aufgeregt, dass sie beim Thema Politik sehr empfindlich werden; Und alle Garfield-Männer, die diese große Kiste miauender Katzen mit der Aufschrift „Garfield Club" sahen, dachten, das sei von irgendeinem Demokraten getan worden, um den Republikanern einen Streich zu spielen. Also gingen sie in eine Lackierwerkstatt, besorgten sich etwas schwarze Farbe und malten auf die andere Seite der Schachtel „Hancock Serenaders". Das war das Einzige, was ihnen einfiel, um die Demokraten zu bezahlen, die sie des Witzes verdächtigten.

Jerry wusste, was es bedeutete, sobald er die Schachtel sah. Er hatte von Johnny und Rosy alles über ihre wunderbaren Katzen bei Onkel Frank gehört und wie sehr sie sie vermissten; Aber es war niemandem in den Sinn gekommen, dass Onkel Frank sie den Kindern hinterherschicken würde. Dem armen Jerry gefiel die Aussicht auf seine Fahrt vom Bahnhof zum Haus nicht besonders; Er stellte die Kiste jedoch in den Rockaway, kam so schnell wie möglich damit nach Hause und brachte sie sofort in die Scheune.

Dann ging er mit der Post ins Haus, als wäre nichts passiert. Jerry war auf seine Art so etwas wie ein Witzbold, ebenso wie Mr. Frank Wellington; Also reichte er Mrs. Chapman die Briefe wortlos und wartete, während sie sie durchsah. Sobald sie die Post las , rief sie:

„Oh, Jerry, das ist schade. Unten am Bahnhof ist Gesellschaft; sie ist mit dem Drei-Uhr-Zug gekommen. Du musst gleich zurückgehen und sie holen. Ich frage mich, wer das sein könnte."

„Sie sind gekommen, Ma'am", sagte Jerry leise.

"Kommen!" rief Frau Chapman aus; „Komm? Warum, wo sind sie?" und sie rannte auf die Piazza hinaus. Jerry hielt sie auf, und als er näher kam, sagte er mit leiser, geheimnisvoller Stimme:

„Sie sind in der Scheune, Ma'am!"

„Jerry! In der Scheune! Was meinst du?" rief Frau Chapman aus. Und sie sah so verwirrt und verängstigt aus, dass Jerry es nicht länger durchhalten konnte.

„Es sind die Katzen, Ma'am", sagte er; „Diese Katzen von Johnnys von Mr. Wellingtons: alle von ihnen . Die Männer am Bahnhof sagten, es seien vierzig; aber ich glaube nicht, dass es mehr als zwanzig sind; vielleicht nicht so viele; sie rudern . " rund, man kann sie also nicht gut zählen .

„Oh, mein Gott! Oh, mein Gott!" sagte Frau Chapman. „Was wird Frank Wellington nicht als nächstes tun!" Dann fand sie ihre Mutter und erzählte es ihr, und beide gingen in die Scheune, um sich die Katzen anzusehen. Jerry hob eine der Latten an, damit er einen Eimer Milch hineinstellen konnte; und sobald sie freundliche Gesichter sahen und sanfte Stimmen hörten und die Milch sahen, beruhigten sie sich ein wenig, aber sie hatten immer noch schreckliche Angst. Oma Jameson musste lachen, war aber überhaupt nicht erfreut.

„Ich denke, Frank Wellington hätte bessere Geschäfte machen können", sagte sie. „Wir wollen hier keine Katzen mehr; der Winter naht, da müssen sie untergebracht werden. Was tun mit den armen Tieren?"

„Oh, die meisten davon verschenken wir, Mutter", sagte Mrs. Chapman. „Es sind alles prächtige Kätzchen; jeder wird sich über sie freuen."

„Ich glaube nicht, dass es dir im Dorf an Katzen mangeln wird; die meisten Familien scheinen damit versorgt zu sein; aber du kannst mit ihnen machen, was du willst; sie können hier nicht gehalten werden, das ist sicher." antwortete Mrs. Jameson ruhig und ging ins Haus.

Mrs. Chapman und Jerry beschlossen, die Katzen bis zum Morgen in der Box zu lassen und den Kindern erst dann von ihrer Ankunft zu erzählen.

Als Mrs. Chapman Johnny und Rosy zu Bett brachte, sagte sie:

„Johnny, wenn Onkel Frank deine Katzen hierher schicken würde, müsstest du dich entschließen, einige davon wegzugeben. Weißt du, Oma könnte sie nicht alle behalten!"

„Warum glauben Sie, dass er sie herschicken wird?" rief Johnny. „Er hat nicht gesagt, dass er es tun würde."

„Nein", antwortete Mrs. Chapman, „ich weiß, dass er es nicht getan hat; aber ich denke, es ist sehr wahrscheinlich, dass er ihnen nach Ihrem Weggang mehr Ärger bereitet hat, als er gedacht hatte."

„Ich habe sie richtig bequem für den Winter reparieren lassen", sagte Johnny. „Ihr Haus ist komplett mit Brettern vernagelt, also wird es nicht warm sein; aber ich würde alles dafür geben, sie hier zu haben. In der Scheune ist genug Platz. Sie brauchen nicht einmal ins Haus zu kommen."

Es bedurfte einer Menge Überlegungen und Überzeugungsarbeit, um Johnny dazu zu bringen, der Verschenkung einer seiner geliebten Katzen zuzustimmen, für den Fall, dass sie von Mendon herübergeschickt würden; aber schließlich tat er es, und er und Rosy schliefen ein, während sie überlegten, welche sie behalten und welche sie verschenken würden, für den Fall, dass sie die Wahl treffen müssten.

V.

Am Morgen, nach dem Frühstück, wurde ihnen die Nachricht mitgeteilt, dass die Katzen in der Nacht zuvor angekommen seien und sich im Stall befänden. Noch bevor die Worte aus dem Mund ihrer Mutter kamen, waren sie wie ein Blitz unterwegs, um sie zu sehen. Jerry war bereit, die Kiste zu öffnen, und die ganze Familie versammelte sich, um die Freilassung der Gefangenen zu sehen. Was für eine Szene! Sobald die Latten soweit gebrochen waren, dass Platz war, sprangen die Katzen heraus, wie wilde Kreaturen, Kopf über Kopf, Kopf über Kopf, alle dreizehn in einer einzigen taumelnden Masse. Sie rannten in alle Richtungen, so schnell sie konnten, und die armen Rosy und Johnny versuchten vergeblich, auch nur einen von ihnen zu fangen.

„Sie sind verrückt", sagte Jerry; „Sie hatten genug Angst, um sie zu töten; aber sie werden schnell genug zurückkommen. Ihr braucht keine Angst zu haben", fügte er freundlich zu Johnny hinzu, der am liebsten in Tränen ausbrechen würde, als er sogar seine geliebte Spitfire schießen sah weg wie eine seltsame Wildkatze des Waldes. Tatsächlich begannen die Kleinen sehr bald, ihre Köpfe hinter Balken und aus Ecken hervorzustrecken und vorsichtige Schritte auf Johnny zu machen, dessen liebe Stimme sie erkannten, als er immer wieder mitleidig sagte :

„Arme Kätzchen, arme Kätzchen, kommt her zu mir; arme Kätzchen, kennt ihr mich nicht?" In wenigen Minuten hatte er Spitfire in seinen Armen und Rosy hatte Blacky, den, den sie immer am meisten geliebt hatte. Mammy Tittleback , Juniper und Mousiewary waren aus der Scheune geflohen und im Wald entlang des Mühlengrabens verschwunden. Sie hatten viel mehr Angst als die Kätzchen und hatten auch Grund dazu, denn sie wussten sehr gut, dass ihnen etwas Außergewöhnliches passiert war, während die Kleinen es nicht wussten, aber Katzen, in die man eingepackt werden musste, passierte das oft Kisten und Reisen in Eisenbahnzügen, und als sie nun Johnny und Rosy sahen, dachten sie, alles sei in Ordnung.

In der Zwischenzeit waren die Hauskatzen Snowball, Gregory, Stonepile und Lappit herausgekommen, um zu sehen, was los war, als sie den Tumult und das Heulen in der Scheune hörten. Auf der Schwelle blieben sie alle stehen, richteten sich auf und begannen zu knurren. Die kleinen Kätzchen fingen wieder an, sich in Richtung Verstecke zu schleichen. Snowball trat vor und sah aus, als würde sie sich wehren, aber Johnny drängte sie zurück und sagte sehr scharf: „Scat! Scat! Wir wollen dich nicht hier haben." Als Gregory und die anderen diese Worte hörten, drehten sie sich um und gingen verächtlich davon, als würden sie solche jungen Katzen nicht mehr beachten; Aber Schneeball war sehr wütend und hing weiterhin in der Scheune herum, schaute hin und wieder hinein, knurrte und ließ ihren Schwanz aufstellen, und sie würde sich bis zuletzt nie mit einem der Neuankömmlinge anfreunden.

Für den armen Gregory Second und Lily war die Freilassung zu spät gekommen. Sie waren noch nie so stark gewesen wie die anderen, und die Angst vor der Reise war zu groß für sie. Am frühen Morgen nach ihrer Ankunft wurde Gregory Second tot in der Scheune aufgefunden. Die Kinder bestatteten ihn feierlich und begruben ihn auf der Wiese hinter dem Haus. Es wohnten jetzt zwei weitere Enkelkinder von ihr bei Mrs. Jameson, Johnny und Katy Wells; und die beiden Johnnies sowie Katy und Rosy gingen in einer feierlichen Prozession auf das Feld, um Gregory zu begraben. Jedes Kind trug eine Katze auf dem Arm, und die übrigen Katzen folgten ihm und blieben ganz ernst stehen, während Gregory auf die Erde gelegt wurde. Die Jungen füllten das Grab auf, errichteten einen großen Hügel darüber und pflanzten an einem Ende einen kleinen immergrünen Baum. Sie errichteten auch sehr fest auf der Spitze des Hügels etwas, das Johnny als „eine Art Marmormonument" bezeichnete. Es war der Marmorboden einer alten Petroleumlampe. Als das alles erledigt war, sangen die Kinder ein Lied, das sie in ihrer Schule gelernt hatten.

„Die Kinder gaben ihm eine große Beerdigung. Jeder trug eine Katze auf dem Arm, und der Rest der Katzen folgte ihm."

DIE ALTE SCHWARZE KATZE.

Wer ist so voller Spaß und Freude, glücklich wie eine Katze sein kann?
Polierte Seiten, so schön und fett, Oh, wie ich die alte schwarze Katze liebe!

Arme Katze! Oh armes Kätzchen! Sitze so gemütlich unter dem Ofen.

CHOR.

Angenehm, schnurrend, hübsche Muschi,
verspielt, voller Spaß und wählerisch? Todfeind von Maus und Ratte, Oh,
ich liebe die alte schwarze Katze! Ja, das tue ich!

Einige werden das Schildpatt mögen; Andere lieben das Weiße so sehr;
Lassen Sie sie dieses oder jenes wählen, Aber geben Sie mir die alte
schwarze Katze.
Armes Kätzchen! Oh armes Kätzchen! Sitze so gemütlich unter dem Ofen.

CHOR.

Angenehme, schnurrende, hübsche Muschi usw.

Wenn die Jungs, um sie zum Laufen zu bringen, die Hunde rufen und
anheuern, setze ich schnell meinen Hut auf und fliege, um die alte schwarze
Katze zu retten. Armes Kätzchen! Oh armes Kätzchen! Sitze so gemütlich
unter dem Ofen.

CHOR.

Angenehme, schnurrende, hübsche Muschi usw.

Dieses Lied war Burnet vor Jahren in einer Zeitschrift erschienen. Es gab
kein anderes gedrucktes Exemplar des Liedes; Aber Jahr für Jahr hatten die
Burnet-Kinder es in der Schule gesungen, und jedes Kind in der Stadt kannte
es auswendig.

Es kann nicht direkt als Begräbnislied bezeichnet werden, und Gregory war
eine graue Katze und keine schwarze, was es noch weniger passend machte;
Aber es war das einzige Lied, das sie über Katzen kannten, also sangen sie es
langsam und machten es. Gerade als sie damit fertig waren, kam ein großer
Hund von der anderen Seite des Mühlgrabens herabgestürzt, sprang laut
bellend über den Mühlgraben und sprang zwischen sie.

Dies versetzte die Angehörigen in große Angst. Alle, die am Boden standen,
kletterten so schnell sie konnten auf die nächsten Bäume; und selbst
diejenigen, die in den Armen der Kinder gehalten wurden, kratzten sich und
kämpften darum, herunterzukommen, damit auch sie weglaufen könnten. So
endete die Beerdigung sehr plötzlich in großer Unordnung und mit insgesamt
mehr Gelächter, als es sich bei einer Beerdigung gehörte.

Am nächsten Tag starb Lily und wurde an der Seite von Gregory begraben, allerdings mit weniger Zeremonien als am Tag zuvor. Über ihrem Grab wurde ein hohes Glasdenkmal errichtet, das viel mehr zur Geltung kam als das Marmordenkmal auf Gregors Grab. Das war nur eine flache Platte, die auf dem Gras lag; Aber Lilys Lampe war aus Glas, die durch einen Unfall etwas kaputt gegangen war. Mit der Unterseite nach oben gelegt, fest in die Erde gedrückt, machte es einen schönen Eindruck und war von weitem zu sehen, „so wie ein Denkmal sein sollte", sagte Johnny; und er suchte eifrig nach etwas ebenso Hohem und Imposantem für Gregors Grab, konnte es aber nicht finden.

Im Laufe einiger Tage wurden alle verbleibenden Kätzchen und Katzen bis auf Mammy Tittleback und Blacky abgegeben. Sie wurden im Großen und Ganzen als die besten Exemplare ausgewählt, die es zu behalten gilt. Mammy Tittleback ist eine so gute Mäusefängerin, dass sie ein nützliches Mitglied jeder Familie wäre, und Blacky bietet fairerweise an, eine ebenso gute Mäusefängerin zu werden wie sie. Was aus Juniper und Mousiewary wurde, wurde nie bekannt. Hin und wieder wurden sie in der Nähe des Hauses gesehen, blieben aber nie lange und verschwanden schließlich ganz.

Mammy Tittleback hat sich den Verlust ihrer Familie leider nicht im Geringsten zu Herzen genommen; Nach den ersten ein oder zwei Wochen schien sie in ihrem neuen Quartier so zufrieden und zu Hause zu sein, als hätte sie ihr ganzes Leben dort verbracht. Was sie darüber gedacht hat, ist nicht zu wissen; Aber wenn sie und Blacky eines Abends unter dem Ofen schlafen, würde man, wenn man sie ansieht, nie vermuten, dass sie letztes Jahr ein so schönes Sommerhaus zum Leben gehabt hatten oder jemals einem „Garfield Club" angehört hatten ," und unternahm eine Eisenbahnreise.

THE OLD BLACK CAT.

1. Who so full of fun and glee, Hap-py as a cat can be?
2. Some will like the tortoise shell, Others love the white so well;
3. When the boys, to make her run, Call the dogs and set them on,

Polished sides so nice and fat—Oh, how I love the old black cat.
Let them choose of this or that, But give to me the old black cat.
Quickly I put on my hat And fly to save the old black cat.

Affetuoso.

Poor kit - ty! O, poor kit - ty!

Sit - ting so co - zy un - der the stove.

Pleasant, purring, pretty pussy, Frisky, full of fun and fussy, Mortal foe of

mouse and rat, O, I love the old black cat. Yes, I do.

[From the "Schoolday Magazine," March, 1873.]

VORWORT.

Diese Geschichte von Mammy Tittleback und ihrer Familie wurde mir letzten Winter, zur Weihnachtszeit, im Haus von Oma Jameson von Johnny und Rosy Chapman und ihrer Mutter und von Phil Wellington und seiner Mutter sowie von Johnny und Katy Wells und anderen erzählt Oma Jameson selbst und von „Tante Maggie" Jameson, Oma Jamesons Tochter, und von „Tante Hannah", Oma Jamesons Schwester, und von „Cousine Fanny", der Postmeisterin, die die Postkarte zum ersten Mal gesehen hat, und von Jerry, Wer hatte das Schlimmste von der ganzen Sache, als er die Kiste mit den Katzen vom Bahnhof zum Haus brachte.

Ich meine nicht, dass mir jede dieser Personen die ganze Geschichte von Anfang bis Ende erzählt hat. Dafür war ich nicht lange genug bei Oma Jameson; Ich war nur am Weihnachtstag und am Tag danach dort. Aber ich meine, all diese Leute erzählten mir Teile der Geschichte, und jedes Mal, wenn das Thema erwähnt wurde, erinnerte sich jemand an etwas Neues darüber, und je länger wir darüber redeten, desto mehr lustige Dinge kamen bis zum Schluss auf, und ich Zweifle nicht daran, dass Phil und Johnny, wenn ich nächsten Sommer wieder dorthin gehe, dort anfangen werden, wo sie aufgehört haben, und mir noch mehr so lustige Dinge wie diese erzählen werden. Die Geschichte von den kleinen Kätzchen, die über den Bach schwammen, hörte ich erst am Morgen, als ich wegkam. Gerade als ich mit dem Packen beschäftigt war, kam Phil in mein Zimmer gerannt und sagte: „Wir haben noch etwas vergessen, was die Katzen getan haben", und dann erzählte er mir die Geschichte vom Schwimmen. Dann sagte ich: „Erzähl mir noch etwas, Phil. Ich glaube nicht, dass du mir schon die Hälfte erzählt hast."

„Nun", sagte er, „sehen Sie, sie haben die ganze Zeit Dinge getan, und wir haben nicht viel über sie nachgedacht . Das ist der Grund, warum wir uns nicht erinnern können", diese Bemerkung von Phil ist eine gute Lektion wenn man es genau betrachtet. Es wäre ein guter Text für eine kleine Predigt für Kinder, die sehr oft sagen müssen: „Ich habe es vergessen" über etwas, das sie hätten tun sollen.

Dinge, an die wir viel denken, vergessen wir nie, ebenso wenig wie Menschen, die wir sehr lieben und an die wir sehr denken. „Ich habe es vergessen" ist also keine wirkliche Entschuldigung dafür, etwas nicht getan zu haben; Es ist nur eine andere Art zu sagen: „Ich habe mich nicht genug darum gekümmert, damit es mir im Gedächtnis bleibt", oder: „Es hat mir nicht genug gelegen, um mich daran zu erinnern."

Den größten Teil dieser Geschichte habe ich in der Weihnachtsnacht gehört. Johnny und Rosy und Phil und Katy hatten viel Spaß beim Erzählen. Mittendrin rief Johnny: „Willst du nicht Mammy Tittleback sehen?"

„Das tue ich tatsächlich", antwortete ich. Also rannte er zur Scheune und nahm sie in seine Arme. Schneeball war schon da. Sie lag auf dem Herd, als Mammy Tittleback hereingebracht wurde, und ich begann sie zu loben und sagte, was für eine Schönheit sie sei und wie schön die Farben Gelb, Schwarz und Weiß in ihrem Fell seien. Snowball stand auf und begann unruhig umherzulaufen und sich an uns zu reiben, als ob auch sie bemerkt werden wollte.

„Snowball ist auch eine nette Katze", sagte Phil und hob sie hoch, „am meisten so gut wie Mammy Tittleback."

„Blacky ist die netteste", sagte Rosy, die in ihrem Schaukelstuhl schaukelte und Blacky ganz nah an ihr Gesicht drückte. „Blacky ist der netteste von allen." Daraufhin erzählten alle, was für ein Tyrann Blacky geworden war; wie sie die ganze Zeit auf dem Schoß von jemandem gehalten werden würde und dass sogar Tante Hannah Blacky hatte aufgeben müssen. Sogar Tante Hannah, gegen die niemand im Haus, nicht einmal Oma Jameson selbst, jemals auf die Idee kommt, in der kleinsten Sache gegen sie anzutreten, weil sie eine so schöne und ehrwürdige alte Dame ist – sogar Tante Hannah musste sich Blacky ergeben.

Tante Hannah ist über achtzig Jahre alt, aber sie ist nie untätig. Sie hat nie Zeit, Katzen auf ihrem Schoß zu halten; und außerdem glaube ich nicht, dass sie Katzen so sehr liebt wie der Rest ihrer Familie. So oft Blacky auf ihren Schoß sprang, setzte Tante Hannah sie ganz sanft auf den Boden; aber in fünf Minuten würde Blacky wieder auf den Beinen sein. Als sie schließlich feststellte, dass Tante Hannah sie wirklich nicht auf dem Schoß halten wollte, nahm sie sich vor, in Tante Hannahs Arbeitskorb dicht neben ihr zu liegen. und genauso oft, wenn Tante Hannah sie von ihrem Schoß nahm, sprang sie in den Arbeitskorb und rollte sich wie ein kleiner Fellknäuel zwischen den Spulen zusammen. Das war für Tante Hannah noch schlimmer, als sie auf den Knien zu haben, und sie nahm sie weniger sanft aus dem Arbeitskorb, als dass sie sie von ihrem Schoß hob und auf den Boden setzte. Dann sprang Blacky direkt wieder auf ihren Schoß, und so hatten sie es – Tante Hannah und Blacky – die erste Runde und dann den Arbeitskorb, bis die arme Tante Hannah fast die Geduld verlor wie eine hübsche alte Dame Die Society of Friends erlaubt sich das immer. Sie hatte so keine Geduld mehr, dass sie ein sehr schönes, weiches, rundes, mit Federn gefülltes Kissen anfertigte und es immer griffbereit hatte, damit Blacky darauf liegen konnte. Als Blacky dann auf die Knie sprang, legte sie sie auf das Kissen; Sofort sprang Blacky in den Arbeitskorb, und als sie sie herausnahm, landete sie wieder direkt auf ihrem

Schoß. Auf diesem Kissen würde sie nicht liegen. Endlich hörte man Tante Hannah sagen: „Ich glaube, es nützt nichts, ich muss es dir überlassen, kleine Katze." und jetzt liegt Blacky in Tante Hannahs Arbeitskorb, wann immer sie Lust hat, dort zu liegen, anstatt in Rosys kleinem Sessel oder auf dem Schoß von jemandem; und ich wage zu behaupten, dass Tante Hannah, wenn ich wieder nach Burnet gehe, auch in Sachen Schoß aufgegeben hat und Blacky genauso viele Stunden am Tag auf den Knien hält wie alle anderen im Haus.

„Jetzt liegt Blacky in Tante Hannahs Arbeitskorb, wann immer sie Lust hat, dort zu liegen."

Unter den Kindern gab es viele Diskussionen darüber, wo die kleinen Kätzchen jetzt lebten und welche verschenkt wurden und welche weggelaufen waren.

Ich nehme an, als Jerry ein halbes Dutzend Kätzchen auf einmal zu verschenken hatte, konnte er nicht damit aufhören, sie sorgfältig auszuwählen, sie nach Namen zu sortieren oder sich daran zu erinnern, wohin jedes einzelne ging.

„Ich weiß, wo Spitfire ist", sagte Johnny; "Ich habe ihn gestern gesehen."

"Wo?" sagte Phil.

„Ich verrate es nicht", sagte Johnny, „aber ich weiß."

„Juniper, er ist weggelaufen. Er wird auf sich selbst aufpassen. Er kam ab und zu zurück. Wir haben ihn in der Scheune gesehen. Mousiewary , sie kommt jetzt manchmal; ich habe sie neulich gesehen. Sie ist echt." schlau."

„Nun, die alte Mammy Tittleback ist die Beste von allen ", sagte Phil, holte sie ein und versuchte, sie dazu zu bringen, sich auf seinen Schoß zu kuscheln. Aber Mammy Tittleback mochte es nicht, festgehalten zu werden. Sie wand sich davon, sprang herunter und ging unruhig auf die Küchentür zu. Phil folgte ihr, öffnete die Tür und ließ sie hinaus. „Sie lässt sich nicht von dir streicheln", sagte er; „Sie ist eine echte Geschäftskatze, das war sie schon immer. Am liebsten bleibt sie im Stall und jagt Ratten, außer wenn es so kalt ist, dass sie es nicht kann."

„Im Sommer ließ sie sich manchmal von mir halten", sagte Rosy.

„Oh, das war etwas anderes. Sie musste da bleiben und nichts tun, um sich um die Kätzchen zu kümmern", antwortete Phil. „Sie hat keine Zeit damit verschwendet, damals festgehalten zu werden, aber jetzt lässt sie sich nicht länger als zwei oder drei Minuten am Stück festhalten. Sie springt sofort herunter und macht sich auf den Weg, als hätte man sie gerufen."

Nachdem die Kinder zu Bett gegangen waren, erzählte uns Mrs. Chapman einen sehr drolligen Teil der Reisegeschichte der Katzen , den man als Fortsetzung bezeichnen könnte. Die Demokraten waren nicht die einzigen Menschen im Dorf, die sich über den Anblick der Katzen ärgerten. In Burnet gibt es eine Gesellschaft zur Verhütung von Tierquälerei, und als einige der Mitglieder dieser Gesellschaft von der Angelegenheit hörten, kamen sie zu dem Schluss, dass Mr. Frank Wellington mit seiner Schließung eine sehr grausame Tat begangen hatte So viele Katzen zusammen in einer Kiste. Es war ein sehr gutes Beispiel dafür, wie Geschichten durch mehrmaliges Erzählen groß werden und wie die Zahl dieser Katzen jedes Mal, wenn die Geschichte erzählt wird, immer größer wird. Schließlich stiegen sie auf fünfundvierzig; und es gab tatsächlich einige Leute in der Stadt, die glaubten, dass in dieser Kiste fünfundvierzig Katzen von Mendon nach Burnet gekommen seien. „Jerry sagt, dass sie noch nie weniger als fünfundzwanzig hatten", sagte Mrs. Chapman. „Sie reicht von 45 bis 25, aber 25 ist der niedrigste Wert, und es gab einen Mann in der Stadt, der wirklich ernsthaft gedroht hat, bei der Gesellschaft eine Beschwerde gegen Frank Wellington einzureichen, aber ich Ich schätze, er wurde ausgelacht. Es ist fast schade, dass er es nicht getan hat, es wäre für alle ein Witz gewesen.

Das ist alles, was ich Ihnen jetzt über Mammy Tittleback und ihre Familie zu erzählen habe. Wenn ich nächsten Sommer nach Burnet zurückkehre, hoffe ich, dass ich sie mit sechs weiteren kleinen Kätzchen vorfinde und Johnny und Rosy genauso glücklich mit ihnen sind wie mit Spitfire, Blacky, Coaley, Limbab, Lily und Gregory Second .

DAS ENDE.